歌集

ドッグイヤー

小田桐 夕
Odagiri Yu

六花書林

ドッグイヤー　＊　目次

I

装幀　真田幸治

ドッグイヤー

I

ゆがんだ胡桃

くるみぱんにゆがんだ胡桃があることのひたむきさを抱へてゆかな

夏の風、 気づくひとからゐなくなり宙ぶらりんのてるてるばうず

くりかへし波のかたちをめぐりつつあなたのなかを飛ぶかもめたち

青空はひつくりかへした海ならむ　ぼくらの話はそのあひの風

風のまま起きあがりゆく雲の峰　夏があなたを簡潔にする

つながうとおもへばつなげた指さきをみづへかへせば泡であること
巻貝のあはひにひそむ詩をひとつ採りだすごとく旅立ちを告ぐ

まぐかつぷ

まぐかつぷかつんとふれてしまつたな、としかいひやうのない口づけだつた

風をよむことのなきまま地に生きて襟さらさらと初夏のはばたき

あなたとは泉のありかが違ふからここ、と指されてもこたへられない

銀の匙にふるへる苺、透明を瓶に満たしてジャムがなくなる

文字を書く手とわたくしを撫づる手のおなじとおもへず　瞼《まなぶた》を閉づ

金魚

たちならぶ屋台の幟のはたはたと空気にふるる曲線かるし

輪郭のぱりりとかるい鯛焼きに口をあてつつ熱を食《は》みゆく

とほき灯のつらなりのごとき林檎飴あぢははぬまま思春期過ぎき

綿菓子をわけあつてゐた友だちをはるかな闇に置き去りにした

行きたかつたわけではない、と気づくまでながいながい夜道があつた

ふつくらと金魚はみづにふくらんでとどかぬ世界をみてゐるつもり
ゆふぐれはふくらむものさ、求不得の夏はひとつの果実なんだよ

沸点

沸点がたぶんことなるひととゐる紅さるすべり白さるすべり

たいをんが私にはある　脱ぎをへてシャツを木製の肩にかへしぬ

にはたづみ　ひらかるることばの庭のまんなかにいまからでもおいでよ

すべり落ちそののちの闇を考へてゐなかつたのだ、ひどくつめたい

うしろから抱かれゆくことゆるすときあなたから取る鍵のひとつを

すももと探偵

卓上にくだものはありうつかりとまるみましゆく思慕のごとくに

めりめりと暑さのなかを歩んだよ文庫本表紙《カバー》のツヤに触る

探偵が次第にくるふものがたり四百頁超えて読みつぐ

グラス、グラスふたつみつつと重ね置くゆがんだ光もかさねてしまふ

肘ついてすももを食べる　くりかへし言つたはずだが伝はつてない

古典的ミステリのなか探偵を演じし者の情念の型

あてた歯に果汁たちまちあふれだし　こんなさびしさ久しぶりです

守るものあれば失ふものがありこちりこちりと夜《よ》の置時計

ページ繰るときに兆せる結末よ　手紙書きをへ、このひとは死ぬ

ぶつ切りの時間を過ごすあなたにはぴつたりサイズのセリフが足らぬ

罪びとを暴けばそれで満足か　夏の夜《よ》はなほねつとり迫る

知らぬまに腰まで波に浸かつてた、そろそろ上がるべきでせう、陸《くが》

Patience　生きてるかぎり背負ふだらうその荷の重さすこし、ください

やさしさがやさしさだけであつたなら　指にすもものかをりがのこる

死をもつて話がをはる必然を両手のなかに撓めて夜更け

刃のやうに朝《あした》はくるよみたくてもみたくなくても街をひらいて

梨

どこまでをつたへたものか透明にあらざる梨をくちにおしあつ

すんすんとあなたは眠る三日月を見ようねと言つたこともわすれて

燈《ともしび》をいくつかざした腕だらう永遠でないと知つてゐたから

まよなかのまなぶたを圧すつよさにていつか聞きたいことがあります

銀杏《ぎんなん》は熱をふふみてこれからもあなたに敵はない気がしてゐる

茉莉花茶

ふり向かぬ背《せな》のしろさをのみこみてそののちつん、と真昼がにほふ

はちみつの垂るる速度のなめらかさ　こんなふうにゆるしたらよかつた

ほのしろき指にセーター編みあぐる祖母はひとつのおほき蔦なる

欠けてゆく月と石鹸　ゆたかさは夜をふくみてふんはりと泡

湯のなかにゆつくりほどけて茉莉花茶《ジャスミンティー》わたしにだけはをしへてほしい

雪とえんぴつ

色鉛筆をけづるとき（ひさしぶりだね）火の粉のやうにとぶ紅よ

助けたかつたひとの影ぬりつぶすふるき鉛筆の芯をふるはせ

セピアいろ　ひたむきに光を恋ひし記憶をだれにもわたしたくない

闇から闇こぼれつづけてあかあかと胸にちひさな石榴が灯る

いちまいの白紙となるまで降る雪のとほき記憶へあなたをかへす

鹿の角

やはらかに溶けるチーズをからめつつとぎれがちなり冬の会話は

いつきても客のまばらなレストラン　トングの動きのやけにくきやか

遠くから見たらぼうつと火の柱なげうつやうに葉は染まるもの

鹿の角に触れてゐたのはそれぞれに隠しごとをもちよつたひとたち

風がもうわかれにちかい　わうごんの公孫樹の葉つぱつぎつぎと飛ぶ

二月のひびき

駅と駅をつなぐ通路の側面のひとつにて買ふ志津屋あんぱん

かつて母も好んだらしい志津屋パンまんなかに在る餡のたしかさ

みづからが植ゑしみどりのふかぶかと葉にまぎれつつ母は老いゆく

くるまれたままに記憶は朽ちるだらう母のむかしのことなど聞かぬ

歩くことつらくなりゆく齢らし見たい景色をみたのか母は

付添ひをやつてくれへんか　朝八時かわいた声がわりこんできた

行きたくてゆく故郷はあらず曇天の記憶をしぼるやうにすすむよ

きさらぎのつめたいひびきを帰るけど、わたしは故郷で死にたくないな

翅

谷に降る陽ざしの淡さ　きみはもうはるかに望む稜線である

ためらひをふふめる筆の穂の先に擦《かす》るるままにはらはらと、空

虫が翅ひろぐるときのふちどりのひかりのやうにかつて笑ひき

うちがはに夜を抱きてみづを飲むフラミンゴたちのつばさ、きれいね

遠景をもつとも見てゐるきりんたちの脚のはざまに夕ぐれはくる

みづばせう

ささやかなやくそくひとつ果たすごと木の芽をぱん、と叩きて祖母は

サーカスが町に来るよと祖母が言ふ炊きたてご飯の湯気のむかうで

手を引いてくれしは祖母かいつだつて球体つぽいひとであつたが

過去からは逃げられないな　まふたつの藍色のうつはの断面の白

みごろしは無言の儀式　いま舟でこの世の岸を離れゆくひと

ゆっくりと離《か》るるあなたのからからの手には水芭蕉のはな握らせむ

みづばせう　あなたの好きな夏の歌　湿地いちめんしろいろ灯る

のぼり坂そのむかうには海があり私は心をなんども投げた

三百円

漫画本は階段あがつてすぐのとこ、参考書は右奥の下側

かつてだれかに買はれし本のあつまりの柱のあひだをしづかに歩む

文法の基本事項のたしかさを古本市場に三百円也

必要なものはたやすくわからない、だからかな、書物が手に重いのは

単語ひとつにいくつかの意味つらなつて手にからみつく辞書ひくたびに

かりそめの影

下ロクロくつ、と持ち上げ開きゆくほのてるやうなしろき日傘を
そそぎくるひかりの束をうけとめてちひさき傘は夏をただよふ

ほんものの日陰に入りやうやくにかりそめの影の生地折りたたむ

日傘の柄、とんとん、ととんと叩きたりちひさく蔵ふわたしの小蔭

つながれた箱のなかにて揺られつつ夏の陽射しを車窓から見る

旧月歌会

履きなれぬミュールサンダルそはそはと丸太町駅の階段あがる

階段を二段のぼつて気がつきぬサングラスはづす真中さんに

汗と蝶

わたくしを乗せることなくドアを閉め走つていつたまひるまのバス

もう行かぬ場所もひとつの蝶としてＭＡＰの上にかるくただよふ

太陽がだれかを殺す夏だからこかげ木陰を縫ひつつ歩く

親しさに呼ばれないまま輪郭を光にかへてポカリスエット

この町を出て行く前に　君が撮る〈国〉すてるひと・すてられるひと

汗だけが知つてゐることあるはずだタオルでわたしの形をなぞる

報道写真展

ひとづてに聞いてはゐるが確かめず　きみにはきみの旅があること

〈日本〉とふ格子なかなか外せない双眼に追ふ国境付近

行つたまま帰らぬ友の足音を刺さらぬほどの深さで聞きつ

難民を撮りつづけては悩みゐるきみはときをり冷たい岬

うつし絵を黙つて見てゐるこの午後にわたしの甕から水が滲み出す

どうしても撮るといふ顔そのかほが夏の乾いた風になりさう

ひるすぎのしろい廊下に人影がふたつ、みつつとうすくうつろふ

君がもつカメラのつやをときをりは臓器をめぐる血だと思ふよ

refugee の一語でくることできず写る眼があまりにもきれいで

次　はいつ行くのか知らずせめて風　海渡る蝶を壊さないでね

のみをへたポカリスエット数滴がボトルの底のくぼみに溜まる

きみの横顔をみてきたつかのまを真夏の青がさらつてしまふ

崩れゆく雲もやつぱりうつくしく風はときどき凶暴なゆび

おわかれを告げるのも唇《くち》　それぞれに一輪の花銜へるやうに

旅先にはんぶん置いてきたのだらう切つた林檎のやうに心を

けふをまだ記しをはつてゐないのに罫線にかすれるボールペン

書きつづけ蝶の軌道になればいい余白まぶしみつつ飛べばいい

Ⅱ

春の書棚

かぎろひの春の書棚よ　その奥の骨のやうなる箇所に触れえず

くやしさをおぼえてゐたい点描のなかにしづもる花のひとつの

見てゐしは雲かひかりかあいまいなままだ　隙間ばかりが増えて

ふるい文庫本のてざはりに似たひとは隣にゐてもわたしを見ない

読んだことをいへばほんのりわらひつつてのうちすこし見せてくれたり

海岸線

春眠のやさしきひびきしきつめてはじまりのかほをたれにも見せず

なめらかな踊りの場面くらがりに転じたときに目を覚ましたり

髪を編む指のうごきのさらさらにここもひとつの川とおもへり

半端ものはどこへ行つてもはんぱものかかとをゆつと持ち上げてみる

カーテンのなびきはとほき海岸線けふをさいごにしようと決めた

あつといふ間に雨が

湿りゐる髪をたがひにもつことを夏のはじめの切符とおもふ

のびてゆく髪を耳へとかけました。あつといふ間に雨がやみさう

いひわけを遠くの海に流したいすこしいたんだサンダル履いて

もう無理と思ひしことのいくつかを波の隙間に渡してきたよ

てのひらをすべりさうなるスマートフォン五分後にくる雨を告げたら

いつぴきの魚をおもふゆびさきにしゆつとひきだす鍵のつめたさ

ゆふかげの郵便受けをひらきたり封のしろさは小鳥のねむり

寂しさをさびしさであると気づくまでこころのなかの鍵光れない

川辺

塩ふふみはんぶん透ける居心地に夏の真昼を過ごしてゐたり

おたがひをほどよく褒めるひとびとの口をはみだすうすぐろい舌

うはつつらのつらのあたりを眺めつつ川辺に雑穀サンドを食べる

怒りからすこし角度をずらしをへすーんとみづを飲みこんでゐる

映画『カミーユ・クローデル』二首

冷風を肌にうけとめ観てゐたり粘土にくひこむカミーユのゆび

窓際にロダンのなまへ呼びながら駄目だよ、泥土のうへに立つては

川辺だな。きみと出会つた八月のをはりをずつと歩いてしまふ

忘れてゐた悪意が急にうかびきてみづつてこんなに光るんですね

葉

わがままな時代であつたゆびさきをすももの果汁で金に濡らして

角型の旅行鞄の隅にまでパイル地タオルきつちり詰める

姉の美しさは本物だ

姉さんのなめらかな肌らふそくに照らされたのはわたしの骨だ

あふ園《その》もはなれる門も好きだつた窓辺にあかいガーベラ　灯れ

なぜあなた、そんなに不幸せなの？

こばむときもつとも鋭いかほをして、ひかりをさへぎる葉のかたちして

来るひとの骨のよごれが見えてしまふ果樹園を抜け帰つてきたら

去るひとの足音を聞く朝の陽がぐつと心に踏みこんでくる

抜かれても消えないナイフそのままで胸に痛みを匿《かくま》ひてゐき

果実はひとりでに私たちの手に落ちてきたのだ

たいせつな夏の記憶はいちどだけその後ながらく秋ばかり生く

あをい実をもぎ取るやうに告げること発つのがいつも急であること

みづを吸ふやうにここを出て行きたい印字すくなきレシートを捨つ

＊詞書はルーマー・ゴッデン『すももの夏』からの引用

果てのみづうみ

まなつびのをはりの窓辺　めくりあげてタンクトップを腕からはづす

葦原にことばはなびく　ほんたうはこちらに向けてしまひたかつた

あまつぶのどれかにひそむ詩をさがしつづけるごとき雨後のゆふばえ

なめらかに触れてください。短夜の壜つやつやと光に濡れて

かつてみた果てのみづうみあかあかとそのときからあなたを　許さない

斜めに秋

アイスからホットにかへて珈琲のカップを朝の両手につつむ

モノクロの映画のなかに陽は射して秋は斜めにはじまつてゆく

陽をうけて窓いつせいにあらはなりビル壁面のこまやかな波

火の色をすこしつないでほたるから落葉へ季《とき》がかはつてゆくね

Twitter

散りゐるは葉つぱではなくことばでせう　点から点へ燃えひろがつて

いへばいひかへさるるたび傷は増え　ごらんよ、あかい螢がとんだ

（いつをはる）だれも知らない暗闇に（きれいね）ひかりの群れを見てゐる

紅葉《こうえふ》をみにきたはずがいつのまに火の粉になつてしまふひとびと

ねえ、ほたる　おまへを吐いてまた吐いてみづから燃えてしまふのですね

目を逸らす　視線のさきの置時計その短針が指し示す〈10〉

ほんたうをいへば散る血のはげしさに闇はますます艶めくばかり

散りをへてかすかににほふだれかれのそしてわたしの血と葉とほたる

喉元がまだ熱いんだスキッパーの襟から風がはひりこんでも

水辺からとほく離れて両腕で秋の空気を掻きわけてゆく

瞳

三人を殺す映画を見てゐたりをはるころには雨なのだらう

串刺しにまはりつづける馬たちのつやの瞳に映るひとびと

二日後に閉店らしい　籠盛りのカレーパンひとつトングにはさむ

まだ硬い時計のベルトなだめつつ煉瓦のいろを手首に巻きつ

手袋をはづしゆくとき後悔はひと壊すほどあふれゆきたり

柊

ながくながく地下を通つてかへりゆく今夜の月が見えないところ

沈黙のあひまに響くパンプスの音がこはくて話しつづけた

ほつほつと落つる珈琲その滴みたいな話しかたをするひとよ

もう一度聞いたらなんといふでせうわたしのなかの葉擦れがやまぬ

柊のあかい実よりも葉のつやをむしろ愛するひとだときづく

次にあふときはコート着てゐるでせう　やつぱり空のこと聞くでせう

ドッグイヤー

するするとマルーン色をまとひゐる電車がけふを運んでゐます

ときどきを届く手紙のあかるさに開かれてゆくふたりの暮らし

わたしから離れた場所を歩みゐるひとの心は冬の庭園

ほんたうは住みたい町と違ふらし　こつこつことん、耳に谺す

うすく切るふらんすぱんのひときれをちぎつた花のやうに並べて

ブロッコリーのちさきふくらみ　悪くないひとと思《も》ひつつ叱つてしまつた

噛むたびにブロッコリーは暗い森　えらばなかつた道がきらめく

肉汁とオリーブオイルまざりあひどこまで聞いてゐたつけ、話

輝きはとほく離れて気づくから欠けていってもうつくしい月

ときをりは君をきずつけ落ちこませしろき亀裂に指をそはせる

てのひらに傷のかたちのインクつけ見た目よりやや欲張りなひと

月光が夜ごと圧しゆく都市がありそのまま君をうけとめてゐた

抱きながら夜を聴きたり片耳をもがれたやうにあなたはゐたが

握りゐるペンを指からひきはがしペン立てにす、と直立させつ

騒がしい風をときには聞くならむ　けふの耳にはやさしいこゑを

車内へと冬の空気をもちこんで身体《からだ》をコートごと折りたたむ

いちめんを春の野花にあけわたし歪みはないといひきれるのか

目的と目的地とはちがふこと電車のかるき揺れを受けつつ

君と住む町まで行かう「いいよ」つて渡してくれた本を伴ひ

これからをならべるやうな車窓にはまだたくさんの冬の樹々たち

けつきよくはしんぷるな人が好まれて君の履歴書の職歴二行

いくそたび巡るページか一冊はドッグイヤーに厚みを増して

耳なづるやうに頁を開きたりむかし飼ひゐし一匹の耳

さう、これは旅をする犬　読みかけの本のかたすみでときをり休み

ひつそりと本のはしつこ折るときに罪にもちかき感情がくる

開くたび香る季節があることの、ほんとはなにを望んでゐたの

ゆびさきに感じる乾きはりはりと君のこころの曲がつたところ

持つてゐる本がしだいに混ざること相手のいちぶを選びとること

借りるね、といひあふ距離を家と呼びひるすぎの窓わづかに開ける

拒まれたことばがきれい　どこにでも飛んでいけさうな風がきてゐる

Ⅲ

河と呼ぶのは

南米や亜細亜の豆を香らせて雁字搦めに日本ここは

まばゆさと光はちがふ　見てゐしは驟雨のなかをむきだしの幹

激しさが雨かあなたかかんがへない濁音うける窓となつても

もうやめたいと言ふひとの隣でもやめないで　とは言はないでゐた

のぞいたらおそらく見える傷のこと河と呼ぶのは傲慢ですか

金糸雀色

仙人掌は sabão と手との合成語　今年のてのひら石鹼にほふ

二回ほどハッピーバースデーうたふ指にも掌にも泡をからめる

おもひでの砂浜に掘るしばらくは絵からはなれてゐし右の指

白紙つてこんなに広い　コピックの尖《さき》を素足のやうに置きたり

なぜいまを　深く刳れる溝にしてドラッグストアの棚の空白

Tシャツを布に戻して針を刺しちくり、ちくり、とマスクに変へる

裂かれゆくストッキングはゆんゆんと雲の細さのマスク紐なり

息を止め去つてゆくひと遺るひとそれぞれの胸を空が圧しくる

#GratefulForTheHeroes 参

称ふれば称ふるほどに軽くなるヒーローたちのカラフルな像

逃げ道の無きひとたちの声が洩れあつといふ間の激しい光

遠くからとどく拍手の大きさで、ゆつくりと他者は殺せる

淡青をさらにうすめて波とするだれか傷つけうちよせてきた

（名のために）描くかもしれず（流されて）描くかもしれず　インクが乾く

コピックに迷ひは邪魔だ　ペン先でひきよせてみる海の動きを

また会へるとはかぎらない漣に金糸雀色をすこし与へる

誕生を祝つてゐしはもう遠し手をたたくときは自ら決めよ

雲の腹ふつくら照らす夕の陽よいいね、おまへは美しいまま

仙人掌のとげとわたしの指は似て尖らせながら描くしかない

清浄に決してなれぬ者たちのかたすみにゐて指《および》を濡らす

ふうつと息をふきかけて消すしぐさ世界のするまでおぼえてゐてね

雨の総量

雨音がわたしを満たすまでを聴くタオルケットからつまさき出して

生きてゐるあひだの雨の総量を知らないままだ　裸眼で仰ぐ

ボールペンをつよく握つて描いてゆくからつぽになつたウヰスキー瓶

らららとうたふやうにも聞こえくる扇風機なる羽根の回転

世のなかは空の瓶だとおもふ日にひときは響く雨音がある

眼鏡

濃緑の表紙の上に艶はあり『ホロコースト』のその白き文字

手になじむほどよき矩形ひらくたび絶滅計画進んでゆきぬ

読みかけの中公新書を伏せておき時間に汚れた眼鏡をはづす

歴史には沼のやうなる濁りあり色深きほどかなしくなりぬ

ひたすらに森のかをりを吐きだしてディフューザーとはしづかな喉《のみど》

Z

窓の外《と》を見てゐる人を描くときわたしの眼《まなこ》は絵のなかの窓

なめらかな琺瑯カップ　空洞はいくつかあつてこれは見えるはう

描きかけの世界の隅に筆を置きときどき戻り、出かけてきます

車窓から見てをり樹々の餡色がまだらのままでながれゆくさま

流れゆく速度がちがふ　あざやかな近景／あはき遠景　瞬き

秋の陽はきみの心にふかく射しもう剝がれさうな絵具が見える

パズルにはpuzzleの綴り　まんなかのふたつのzに腰かけてゐる

ずんぐりと丸いポットをかたむけて注いでゐたり夕陽のいろを

厚みある本を渡して沈黙のきみのこころは葡萄のかたち

言ふ／言はぬどちらにするか目を伏せて君はぐづぐづスコーンくづす

離れると決めてゐたのか　乳白の器の縁にもりあがる水

困惑はpuzzled　ふたつあるzのため舌先に息は擦らるる

組みたてる、対ふ、打ち消す、押す、割れる、鳴る、潰しあふ　組織と人は

指先のちからに割ればまふたつのマフィンのなかにレーズンひかる

サーバーの水を注いで手のなかのグラスのなかにあらたな水面《みなも》

わけあへることはわづかだ　夕雲のむらさきあかねひいろきんいろ

飲みをへた紅茶のカップこれからを聞いたばかりの耳がつめたい

君の愛読書の英字のタイトルがちひさな町の名であつたこと

立ちあがり窓を開ければ風が入《い》るむかひの畑《はた》の土のにほひの

濃藍の表紙に触れるいくたびも触れられしゆゑの傷にも触れる

はんぶん風の

しゅおしゅおとすすきがなびく秋の夜《よ》の原野におもひで手放しにきた

まねく手の形に見えて、いえ、それはわたしの意思ぢゃありませんから

くちびるが激しく動くそのひとのこゑではなくて湿りがこはい

薄の穂　逃げるときには思ひだすはんぶん風のおまへたちのこと

あわだつてしまふな、心　土の香を指にからめて走つてゐても

はちみつ

やがて冬　置いてけぼりになりさうでいびつな林檎をひとつ購ふ

するどさから面は生まれる　めづらしくあなたがぶきように剝く林檎

喉《のみど》には焚火の熱さ　やさしさのあつかひかたを教はらなかつた

図書カード忘れてしまつた代替に住所氏名を書くこと二度目

炎上をとほくはなれて借りる本　紙の厚みをてのひらに受く

わかる　とまでおもはずに重ねてゐるたがひの雪をとかすくちびる

さぐらるることのすくなき生にゐてあなたの舌のかたちを知れり

真冬にはしろく固まるはちみつの、やさしさはなぜあとからわかる

さくさく

うすいけどあはいはずなし　曇天に刺さらんとする冬の街路樹

やはらかくなるほど濃さを増す芯のえんぴつさくさく並んでゐたり

ほんたうをたぶんいへないあつまりに麩のかたどれる花を崩して

閉ぢこめし記憶が揺れてゐるでせう　さういふときのかほだとおもふ

飲みをへるときに氷は直列となれり琥珀の酒のグラスに

来月余白

ふとぶとと川は暮らしを貫きて水に沿ひつつ春を確かむ

人を見てすぐに駆けだす猫の尻草むらの間《ま》をことこと動く

不可量のみづとおもへば受けいれるほかは無いのだ君の答を

クッキーのかすかな塩を舌にのせ午後を正しく崩してみせる

約束をしないから良い日々であるのびてちぢんで来月余白

釦

夜桜は闇にうまれてそして死ぬ春くるたびに都のやうに

棄ててきしものをそれぞれ見せあつてはるかな夜景をつくつてしまふ

残酷がわたしのなかに咲《ひら》くからシャツの釦をこつそりはづす

鍵かけてゐてもあふれてしまふこと　あなたのてのひらどうして熱い

どう聞くか迷ふあひだに夜がゆく炭酸水も大人しくなり

なのはな

ひらかるる日までひかりを知らざれば本のふかみに栞紐落つ

しろがねの森のやうなる文字のなか息ひそめつつブラッドベリ読む

珈琲を一杯飲まう手のなかで五頁のちに星が滅びる

それぞれに選びし椅子があることを春はゆつくりをしへてくれる

とほい日の拍手とおもふ菜の花はなのはなばたけすべて満たして

糸

日傘もつ人の増えゆく五月なり裏にはとほき湖《うみ》をかくして

天井にむけて毛束を持ちあげてスタイリストは手首をひねる

来月から産休ですといふひとよあなたの指の線のやはらか

手ばかりが昼の鏡にせはしなくわたしの髪はあやつりの糸

水面に波をうみだす一瞬に鋏は光る髪のあひだを

天魚

口から鰓、鰓から腹へ割箸を差しこみ回し腸を引き抜く

親指が触れてゐるのはついさつき抜かれた腸のありたるところ

塩うすくまとつたままに焼かれゆく天魚の尾鰭りりりと曲がる

ふつくらと焼けてゐる身を箸に裂き赤い斑点くづしつつ食《は》む

あざやかな斑点せおふ魚ゐて陸封のまま一生ををへぬ

馬跳びのころ―題詠「干支」

明け暮れのキッチンの火に月兎印のポットぽんと置きたり

永遠はかなはないから願ふもの虎の尾は葉を縦に伸ばして

硝子窓をみがくゆふぐれつめたさのむかうに過去がみえてしまつた

なめらかに嘘をつきたし猿滑《さるなめり》しろき木肌は闇ゆゑに映ゆ

いつまでも馬跳びしてゐた放課後に影を盗られてしまつたこども

みだれゆく風のさなかに葉はねぢれ森を失ふ猪みたい

雨ふればのつとでてくる蝸牛《かたつむり》祭りのやうにツノをどらせる

水田のわきの小道を羊歯の葉がかさなるたびに影深まりき

うすべにのちひさき傘に似た花よ蛇の目エリカの黒目が浮かぶ

傷つけることも能力　なつきゐる犬のうちにも牙ひかりをり

おもひではときに鎖となりながら龍になるまでいくとせ眠る

ぱつかーんと鶏卵を割る朝《あした》にはフライパン揺すりオムレッつくる

庭へ

喉《のみど》からいつぽんの滝となるときに身ぬちの岩間に照り翳り、みづ

かたむけるボトルのなかをみづとぷり、空気くらりとおほきく動く

さわがしき人らぎゆぎゆつと閉ぢこめる鳥滸絵のなかの鳥ども啼く

ふらつきに近い足どり　沈黙の池にあかるいミソハギの群れ

嘴はするどく光り言はなくていいことばかり告げてゆきたり

ミソハギの長き花穂にみつみつと紅紫色《マゼンタ》の花咲きそろひゆく

首ひねり見下ろす烏の目の色は黴ふかみゆく茘枝のやうだ

稚児笹に譟くすぐられてをり知つてしまつた知りたくなかつた

ミソハギは禊の萩といふひとよ　きみの穢れが陽に透けてゐる

笹の葉の条線《でうせん》涼し風のなかそよげばそよぐほど風になる

見上げれば楓のみどり　きろきろとうすき翼果がちりばめられて

きのふけふわたしの腸《わた》は裂けさうで、だつてだつて猜疑の獣

葉腋にふくらんでゆくまつしろな沙羅のつぼみは夏の陽まとふ

うちがはを獣に喰はれ終はるのかわたしが抑へこめるだらうか

藤棚のかたちに影が生れてゐる静寂の檻に隔ててほしい

夏草に埋もれつつある山寺型灯籠の笠に苔の濃淡

おねがひは言つてみるもの逃したら二度と描けぬきみのよこがほ

かたくなな眉のままなるきみのため蘚色《こけいろ》のスケッチブックをひらく

葉の間《あひ》にひかりは漉され流れこむはだらはだらに午後の綵《あやぎぬ》

うつむいたかほからなにも読みとれず影のはうがやや素直なひとだ

心まで見せてください。デニム地のシャツと釦の接点描く

風、葉擦れ、囀り、羽音、蟬のこゑ、鉛筆と紙ふれてゐる音

一本の線につながり姫蒲の上に雄花穂《ゆうくわすい》下に雌花穂《しくわすい》

嘴にうそもうはさも喰ひあらす鳥は絵から出てはいけない

感情よ　わたしを内から抉つてもとほくにかがやく夏椿

白壁と翅を交へてやすませる蝶はそのまま夕闇を待つ

猪とナイロンともに植ゑられて手にかろやかな楕円のブラシ

髪の毛にブラシをすつとあててみる真昼の熱をほどかなくては

飛んでゆく　このさきなにも赦さなくなつても蝶の翅は軽やか

たしかさはどこにも無いと知りながら心は夏の庭へ行くんだ

Ⅳ

幹

ふかふかのタオルハンカチ折りたたみ方形をさらに方形にする

眼鏡、窓、透明越えて夏の街　白さばかりが正しさならず

ひとたびをなくした切符見つけだし三百円の返金を受く

さるすべりの幹のつるつるむきだしのよろこびあらばきつとこのツヤ

手のなかの水の重さは　目のまへに皓々と梨かかげてゐたり

あふれさうああ、ふれさうと実の白さゆつくりと剝き出しにしてゆく

蛙鳴きにじむやうなる夏の夜《よ》がうすくつながる子どものころに

ブリキの犬

窓辺にはブリキの犬が置かれゐて胴の継目はくきやかにあり

クリームがどうしてもつてからみつき秋のをはりの牡蠣パスタ食《は》む

壁に蔦、わづかにずれて影が生《あ》るわたしにできることがすくない

ほんたうを告げる／聞く／知るそれからをながく苦しむこともほんたう

明日送る封筒に糊つけてゐるまなぶた閉づるやうに　密着

くちびるをバターで汚しときをりは光つてしまふ嘘があるんだ

たまにくる懺悔のやうな頭痛あり夜の湿りのなかにしづかに

ポストとは惣闇《つつやみ》をもつ獣なりその口のなか手紙を入れる

あげませう

かざしたる右手を抜ける夕光《ゆふかげ》よ燃えつづけることが宿命なんて

輪郭を冬が削ぐのか街路樹の線そのものが薄くなりたり

あげませう　うちがはの火を絶やさないためにわたしの息でよければ

すつぱだかといふがふさはしさるすべり冬陽のなかに枝くねらせて

ふさがずに耳のふたつを器とす　君がこころをかきむしるとき

はてしない距離があつても歩くからきみを凍土にしない／させない

ヒヤシンスいろした爪で待つてゐる眠りの海に身がなじむまで

no/not

雪だるまとほい日向にまだあつてわが手袋を濡らしつづける

熱はかるてのひらそつと下げてゆきあなたの瞼ひやしてあげる

子ども時代の風邪のおもひでそのなかにそれぞれが食《は》む桃と林檎を

カーディガンざつくり羽織る二の腕を窓枠として抱きしめてみる

おもひでの積雪量がちがふこと毛布のごとき暮らしに知りぬ

失くすこと恐れてゐたいかたすみに一輪のこる椿くれなゐ

決めるのはわたくしである入院の前夜あなたに手紙を書きつ

文字よりも余白のめだつ手紙かな朝《あした》のひかり弾いてくれる

雑言をしりぞけてゆく路のためダッフルコートしつかり着こむ

信じないわたしのことも受けいれて病院前のマリア様の像

このあたり霧が深くて。窓の外《と》の白さを見つつ看護師がいふ

つるつると病棟白し　厚みあるカーテンがもつ縦のドレープ

窓際のストーブが身の内側に蛇腹状なる襞折りたたむ

病室でスケッチはじめミリペンで白い蛇腹の凹凸を追ふ

霧のなか泣いてみたつてばれないが私はわたしのかたちに座る

向き合ひし日々をとほくに放りなげ手術をつひに母に　知らせず

ごめんねと言ひたいひとはあなただけ。たぶん手紙をなんども読んで

繊月のごとき尖《さき》なるつめたさに切りとられてもわたしのからだ

はじめから生まれなければ no のままなんの悩みもなかつたでせう

体内に not は残る　これからの〈産める〉をぐるり、捨ててしまつた

術後には術後の時間けふ読んだ書物の嵩をいまはよろこぶ

廊下から聞こえる声に高低あり患者、看護師、患者、患者

似てるけどnoとnotはちがふこと　生きてるあひだnotは増える

あなたから借りつぱなしの気楽さに『評解新小倉百人一首』

好きな和歌どれかと聞けばかへりくる和泉式部のうちなる螢

下腹部の傷に触れたり薄れてもnotはいつもはじまりである

体内に雪があるほど寒かつた術後のながき熱に苦しみ

見上げゐる先は雪片　わたしとはちがふ角度の顎もつあなた

冬のなかたがひに舌をみせあつてどんな時間も肯定できる

みんなみの海へと向かふバスが来る　たしかに私を運んで欲しい

レンチキュラーの猫

めくるたび本の領地をおしひろげ読むと奪ふは似るかもしれず

挟みこむ栞のなかを加速してレンチキュラーの猫走りゆく

南天の名前あかるしいまさらに祖母の庭なる赤を思へり

まなぶたにアイマスクの熱そつと乗す一日《ひとひ》の底に魚《いを》は沈むよ

扉《と》をあけて寒さを測る　冬と春いくどもいくども目盛りは動く

「ゆ」と「ん」

雨の日も雀にぎやかベランダのむかうにはづむちひさい「ゆ」と「ん」

あつまればこゑの厚みは増すらしく雀の群れのかたちが分かる

ふつくらの雀らぽ、ぽん電線に乗つて離れてまた乗つて、ぽん

窓あれば窓のむかうをおもふものとぎれとぎれに雨のあかるさ

厚みあるつぼみのつやをむつと割り石榴は花の鮮紅ひろぐ

納得がいかなくつても日々は過ぐ匙なるたまごそぼろほろほろ

タコさんウインナー、タコさんウインナー。これは石榴の萼でありたり

手をぬらす雫を指になじませてあなたの返事はゆつくり待たう

背

紫陽花のなかまとかつて思ひしがこの木星《ユピテル》は牡丹臭木なり

燐寸棒みたいなつぼみの先が割れ五枚の花弁反りかへりゆく

ほのぐらくぼんやり熱い空間にひとりいちまいヨガマット敷く

一生をのがれられない身体《からだ》なり付根から脚うーんと伸ばす

鼻で吸ひ鼻で吐くのが基本とぞインストラクターのびやかにいふ

〈伸ばす〉から〈伸びる〉となれば皮膚の上《へ》に汗は流れるうまれた順に

骨盤をただしい位置にもどしゆきヒトも芯ある果実とおもふ

くらがりに犬・猫・兎と楽隊を組めるかしれずヨガのポーズで

産む・産まぬ・産めぬ　それぞれ抱へつつマットのうへにをみならは座す

母はもうわたしと憩ふこともなく勝手気ままな川であるらし

黙《もだ》すまま水を飲みたりうちがはのみづうみつねに未満の水嵩《みかさ》

かんがへをひとまづぱつと脱ぎ捨てて雨浴器《シャワー》一基の下に立ちたり

ながらくを帰らぬ故郷とほくからオブジェとしてなら　たぶん愛せる

まふたつに裂けたる背《せな》をさらすままブロック塀の蟬のぬけがら

熱《ほとり》もつ怒りのやうだふくらんでふくらみきつて雄大雲は

包みたり　いちどかぎりの身体の外皮なるらむ白きカーディガン

白く飛ぶ

真上から見ればS字のラインなりうすくKalitaのロゴは彫られて

ざー（雨の）ざー（音みたい）うるうるとコーヒーミルのハンドルまはす

するどさに豆を砕いて朝であるきみと過ごして二年の日々の

ウエルカムボード

すゐながくしあはせであるべきおふたりのゐがほの対価三万円

仕事の価値は

しよせん金　いひきりし日の父親の口の型のみいまに覚える

珈琲のカップがひどくつめたくてそれから父にあはないでゐた

花嫁のまはりに薔薇を描きゆくきみは植物図鑑ひらいて

たのまれて絵筆を握るきみがもつとも描きたい世界とは、なに

右足に鉄を踏みたり暮らしにはをりをり渡る踏切がある

内奥が見えるわけではないけれど　きみのてのひらに手を触れてみる

巻貝の面《おもて》のやうな坂のぼり植物園のアーチをくぐる

鷺草展

ちぎられた和紙がそのまま花になり　ふ、と舞ひあがりさうな白さよ

唇弁

翼とは風の最中に映えるもの側裂片に八月の風

鷺草の距《きょ》のうちにある蜜のあぢ　欲するならばかほを向けねば

豆腐町二階の書店にとりよせし本三冊の重み購ふ

技法書の厚みを割ればましろなる翼をすつとひろげるかたち

ゆびさきにふれるものゆびさきがつくるものゆびさきがえらびとるもの

趣味なのか仕事にするか迷ひゐしわがすぎゆきをふかく沈める

花弁と蛾《ポリネーター》　ひとつの面となるまでを　やがてふたたび離れるまでを

描くならまづは見るべし夏空をしろく飛びゐる積雲の群れ

このからだ、まるごと汚してゐがきたい花粉《ポラン》にまみれる虫のごとくに

窓の外《と》にららつと音がちらばつて夏の雨ことさらにきまぐれ

ゆふだちののちのしづくをやどらせるゐのころぐさの花穂小穂

蝙蝠のとぶさまわれに示しゐるきみの指《および》が闇とからまる

待つことを美しさだと思つてたむかしのわたしの髪を切りたい

筆先になにかを探すやうな顔いくたびも見きこれからも見る

たつぷりの水の流るる用水路ひかりまるごとをさまつてゐる

手首なる骨のでつぱりこのくれの辞典を持てばぼこりと目立つ

なびきゐるゑのころの穂の間《あひ》のみづ、うつりこむ街、町つつむ空

うね雲の端がほつれるゆふぐれの眸《まみ》にちらばる金貨となつて

比喩でない

あけがたの蟬のこゑ聴くこのこゑのいくつがけふにをはるのだらう

花糸と葯まことちひさき花火なり夜明けにひらく未央柳の

どう意味をとればいいのか読みかへすたびにあなたは逆光である

たちあふひ下から咲きゆくからくりの、ことりことりと記憶をたどる

比喩だけど、と前置きされて語らるるはなしにときをり比喩でない箇所

腕輪をはづす

線路脇にべろ出すみたいに立つてをり夏のをはりのカンナの花は

無花果の尻に暮色はやつてきてじわりじわりと追ひつめられる

雲底は夕陽の緋色　未練つてなかなか西へ去つてはくれず

風並《かざなみ》にはなれゆく雲　つまらぬと言はれし歌はどれであつたか

はつきりといひきる語尾の強さもつあなたは傷をおそれないひと

いいんだよ、いいんだよつていはれても腕輪をはづすやうに　いかない

しやらしやらりカーテンひらき外《と》を見れば工事現場の巻尺ひかる

はつあきのひかりは細く巻尺の面《おもて》をなぞり音《おん》とからまる

こゑをください

かんがへと唇《くち》と声とがずれてゐるそれでもいいからこゑをください

あとがき

短歌を詠むことにいつごろから興味を持ったのか、はっきり覚えていません。歌集を読む楽しみを知っても、自分が詠むようになるまでには、わりと時間が空いたと記憶しています。自己流で詠んでいることに物足りなくなって結社を探し、「塔」を選んだのは二〇一四年秋のことでした。

この第一歌集には、二〇一五年から二〇二三年初めにかけて「塔」誌上に発表した作品を中心に、四七八首を収録しました。おおまかに編年体となっていますが、必ずしも制作順ではありません。必要に応じて推敲、改作を施しました。

歌集タイトルである『ドッグイヤー』は、連作の一編から取りました。本を読みながらページの端を折るドッグイヤー。単なる目印ではなく、ページを折ったときの思考や気持ちの名残です。ふりかえると短歌もまさしく日々の気持ちの名残であったと、今さらながら思います。厳密にはドッグイアなのですが、自分にとってなじみ深い言葉を優先してタイトルを決めました。

短歌を詠むことで、かたちのない感情に対して、言葉で形を与える喜びや苦しみをながく携えることになったと思います。自分の中を見つめつつ、探りつつ、作品に仕上げる過程そのものを今まで以上に大切にしていきたい。歌集を編み終わっての実感です。

＊

一冊の歌集を出すまでに、実に多くの方々のご協力が必要でした。まずお礼を申し上げたいのは、真中朋久様です。大変にお忙しいなか、選歌を引き受けてくださり、さまざまなアドバイスを頂きました。ときおり私が口にする疑問や不満にも、真剣に向き合ってくださいました。これから先、どんな形で短歌と関わっていくとしても、教えて頂いたことを自分の中に置いて、磨いてまいります。心からお礼申し上げます。

短歌を通じて出会った友人や先輩方からは、歌集を出すために多くのアドバイスを頂きました。個別のお名前を出すことは控えますが、おひとりおひとりに感謝しております。皆さんから頂いたアドバイスを少しでも生かした歌集になっていれば、と願います。

栞文は小島なお様、梶原さい子様、真中朋久様からお寄せ頂きました。尊敬してきた方々から栞文を頂けたことは光栄なことです。ありがとうございました。

　また刊行にあたっては、六花書林の宇田川寛之様にお世話になりました。私の要望を聞き取り、丁寧に歌集に反映してくださいました。真田幸治様の装幀で美しい歌集になることも大きな喜びです。

　塔短歌会の皆様、オンラインで行っている「みかづきも読書会」にご協力頂いている方々に改めてお礼申し上げます。真剣に作品と向き合う場所として、多くの刺激を頂きました。

　最後に、わたしの作品の最も身近な読者であり、的確な評者である夫に、感謝の言葉を送りたいと思います。いつもありがとう。あなたのおかげでここまで来られました。これからもどうぞよろしくお願いします。

二〇二四年三月　気持ちのいい日射しの日に

小田桐　夕

プロフィール

1976年生まれ
2014年塔短歌会入会
2020年からオンライン読書会「みかづきも読書会」
を開催中

メールアドレス：namitotegami@gmail.com

ドッグイヤー

塔21世紀叢書第444篇

2024年5月27日 初版発行

著　者——小田桐 夕

発行者——宇田川寛之

発行所——六花書林
〒170-0005
東京都豊島区南大塚3-24-10 マリノホームズ1A
電話 03-5949-6307
FAX 03-6912-7595

発売——開発社
〒103-0005
東京都中央区日本橋本町1-4-9 フォーラム日本橋8階
電話 03-5205-0211
FAX 03-5205-2516

印刷——相良整版印刷

製本——仲佐製本

ISBN978-4-910181-66-0 C0092